ALGO ESPECIAL PARA MÍ

Por Vera B. Williams

Traducido por Aída E. Marcuse

Un libro de Greenwillow

rayo

Una rama de HarperCollinsPublishers

Con todo mi agradecimiento para Savannah.

Rayo es una rama de HarperCollins Publishers.

Algo especial para mí
Copyright © 1983 por Vera B. Williams
Traducción al español © 1994 por William Morrow & Company, Inc.
Elaborado en China. Todos los derechos reservados.
Para recibir información, diríjase a: HarperCollins Children's Books,
a division of HarperCollins Publishers, 1350 Avenue of the Americas, New York, NY 10019.
www.harperchildrens.com

Library of Congress ha catalogado la edición en inglés.
ISBN-10: 0-06-088707-9 — ISBN-13: 978-0-06-088707-0

❖

La edición original en inglés de este libro fue publicada por Greenwillow Books en 1983.

Nuestro sillón tiene manchas de chocolate en un brazo. Ya no es flamante, pero a Abuela, a Mamá y a mí todavía nos encanta acurrucarnos en él las tres juntas, como lo hicimos el día en que lo trajimos a casa. En esa ocasión, tía Ida, que vive en el piso de arriba, nos tomó esta foto. Está en la repisa, junto al botellón y a la foto de cuando yo tenía apenas un mes.

Un sábado, Mamá y yo estábamos sentadas en el sillón, todavía en nuestras batas de casa. Yo estaba tratando de hablar con ella acerca de mi cumpleaños, para el que faltaban sólo tres días, pero ella no me prestaba atención. Cuando llega su día libre y no tiene que trabajar en el restaurante *Blue Tile*, a Mamá le gusta sentarse a leer el periódico tranquilamente. En esos momentos, ni siquiera oye lo que le digo. Tuve que hacerle cosquillas en la planta del pie para lograr que dejara el periódico y se levantara del sillón.

Entonces, me persiguió por toda la casa.

Cuando por fin me alcanzó, me paró frente al espejo y me preguntó:

—¿Quién es esa niña que no permite que su madre disfrute de un merecido descanso, ni siquiera el sábado? —dijo con cara de enojada.

Yo puse cara de monstruo. Hicimos muecas delante del espejo hasta que nos reímos tanto que tuvimos que ir al baño.

Entonces, Mamá me abrazó muy fuerte.

—Eres mucho más divertida que cualquier periódico —dijo.

Decidimos ver cuánto dinero había en el botellón. Estaba a medio llenar. En una ocasión, Abuela, Mamá y yo ahorramos tanto dinero que el botellón se llenó hasta el tope. Fue entonces cuando compramos el sillón para Mamá. Aun después de pagar por él, nos sobró dinero. Todos los viernes, cuando Mamá trae a casa las propinas que le dan en el trabajo, las echamos en el botellón. Cuando ayudo en el restaurante, yo también pongo dinero en el botellón, y Abuela echa lo que puede.

—¿En qué gastaremos el dinero esta vez? —le pregunté a Mamá.

Mama bajó el botellón de la repisa y lo puso a mi lado en el sillón. Después llamó a Abuela.

—Madre —dijo—, el cumpleaños de Rosa es dentro de tres días. El sillón que compramos fue realmente para ti y para mí. ¿No crees que esta vez le toca a Rosa recibir algo especial?

Abuela dijo que esa era una magnífica idea.

—¿Por qué no vas de compras con Rosa? Lo que compren será también de mi parte.

—Y de tía Ida y de tío Santiago, ya que cada vez que cobran su sueldo ponen dinero en nuestro botellón —dije.

Mamá y yo nos vestimos rápidamente, y Abuela cambió las monedas por billetes. Ya estábamos en la puerta de la calle cuando Abuela nos gritó:

—¡Rosa, cómprate algo bien bonito!

Yo ya sabía lo que quería, así que fuimos derechito a la tienda de patines. Me probé un par y patiné de un lado a otro en la tienda. Mis amigas Leonora, Juanita y María tenían patines nuevos y yo me moría de ganas de tenerlos también.

Me imaginé bailando en patines por el patio de la escuela, al son de la pequeña radio de Leonora. Pero, justo cuando el empleado empezaba a envolver los patines y Mamá y yo íbamos a pagar por ellos, me entró la duda. Ya no estaba tan segura de que eso era realmente lo que quería.

Es decir, quería los patines, pero no tanto como para gastar en ellos todo el dinero del botellón. Aunque fueran los hermosos patines blancos con ruedas anaranjadas, con los que podría bailar y patinar calle arriba y calle abajo.

Así que nos fuimos de la tienda sin comprar nada.

En la acera de enfrente había una tienda muy grande, y empujé a Mamá a través de la puerta giratoria y por la escalera mecánica. Fuimos al departamento de ropa para niños. Me probé vestidos y abrigos, zapatos y sombreros, y me miré por todos los lados en los grandes espejos.

Me imaginé vestida exactamente así, el día de mi cumpleaños, frente al bazar con Leonora, Juanita y María.

—Quiero éste —le dije a Mamá—, el vestido de lunares con la chaqueta haciendo juego, y las sandalias azules con tirantes y tacones bajos.

Pero, cuando iban a envolverlos y Mamá y yo estábamos por pagar, ya no estaba tan segura de que eso era lo que realmente quería. Es decir, quería esas cosas, pero me di cuenta de que un par de sandalias azules y un vestido nuevo, aun con su propria chaqueta haciendo juego, no era un regalo tan especial como para gastar todo el dinero del botellón.

Así que nos fuimos de la tienda sin comprar nada.

TENTS
CANOES

Calle abajo, vi una tienda de campaña roja en una vidriera. Junto a ella había un saco de dormir azul y una mochila con muchos bolsillos. El saco de dormir estaba abierto, listo para meterse en él y pasar la noche. Empujé la puerta y entramos en la tienda.

Me imaginé yendo de paseo en el camión de tía Ida y tío Santiago. Invitaría a Leonora, Juanita y María, y llevaría en la mochila todo lo necesario para el viaje. Armaríamos la tienda de campaña junto al lago, y dormiríamos todas juntas.

—Esto es lo que *realmente* quiero —le dije a Mamá.

Pero cuando el empleado empezó a envolver las cosas y Mamá y yo íbamos a pagar, me invadió nuevamente la duda. Éste no era el regalo por el que estaba dispuesta a vaciar el botellón. Mamá reconoció mi mirada y cuando salimos de la tienda sin paquete alguno, no pudo contener la risa.

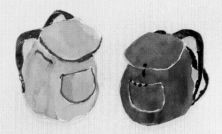

Yo, en cambio, me puse a llorar.

—¿Y si no logro decidirme por nada? ¿Y si me quedo sin regalo de cumpleaños? ¿Y si llega mi próximo cumpleaños y todavía no he podido decidir?

Mamá me secó las lágrimas.

—No te preocupes —dijo—, todavía faltan varios días para tu cumpleaños. Mientras decides qué regalo te gustaría recibir, vamos a merendar algo sabroso al *Blue Tile*.

Josefina, la dueña del restaurante, nos sirvió pastel y helado y tocó mis canciones favoritas en el tocadiscos.

—Aunque es un poco anticipado, ¡que tengas un feliz cumpleaños! —dijo.

De pronto, me sentí mejor. Estaba lista para recorrer otras tiendas. Pero se había hecho tarde. Ya se veía la primera estrella en el cielo.

—¡Rápido, Rosa, pide un deseo! —dijo Mamá.

"Estrellita hermosa, estrellita brillante,

la primera que veo relucir.

Te pido que me concedas en este instante,

lo que más deseo, si no es mucho pedir".

Pero lo único que se me ocurrió pedir fue que la estrella me
ayudara a elegir.

Y, justo en ese momento, oí la música.

Muy cerca de la esquina donde estábamos, junto al farol de la calle, alguien tocaba un instrumento musical.

—¿Que es eso? —le pregunté a Mamá.

—Es un acordeón —me contestó—. Tu otra abuela tenía uno igual. Tocaba en conciertos en el parque, y también en las bodas. Recuerdo que la gente decía que ella podía hacer bailar hasta las mismas mesas y sillas.

De regreso a casa, me imaginé que tocaba el acordeón en el escenario del parque, y las mesas y las sillas se ponían a bailar. Leonora, Juanita y María bailaban también.

Me veía sentada en los escalones de la casa, tocando el acordeón todas las veces que quería.

El día de mi cumpleaños, Abuela, tía Ida, tío Santiago y yo sacamos el dinero del botellón y fuimos con Mamá a la tienda de música. Había acordeones de todo tipo, pero los más grandes eran muy caros.

—¿Qué te parece éste? —dijo la empleada—. Es excelente para principiantes.

El acordeón que me mostraba era del tamaño exacto para mí. Se puso a tocarlo y los sonidos eran tan agradables como los que había oído en la esquina del restaurante.

Tuvimos suerte, porque ese acordeón era de segunda mano y costaba menos que los otros.

Aun así, tuvimos que gastar todo el dinero del botellón y un poco más que la tía Ida puso de su bolsillo. El tío Santiago dijo que él pagaría por las lecciones semanales.

¡Esta vez, ni se me ocurrió cambiar de idea!

A la mañana siguiente seguía convencida de que había elegido bien. A través de la puerta abierta, podía ver nuestro sillón y el botellón, que ahora sólo tenía una moneda para la buena suerte. Abuela y Mamá preparaban el desayuno en la cocina.

Y allí junto a mi cama, estaba mi precioso acordeón, listo para que yo lo tocara.